AF200354

Traurig -Tröstliches

10 mal Bittersüßes

von

Johann Henseler

Titelbild: Charlotte Henseler

Inhalt

Bibliografische Information der Deutschen Nationalbibliothek:

Die Deutsche Nationalbibliothek verzeichnet diese Publikation in der Deutschen Nationalbibliografie. Detaillierte bibliografische Daten sind im Internet über http://dnb.dnb.de abrufbar.

Herstellung und Verlag:

BoD – Books on Demand,

Norderstedt

ISBN 9783750462106

1. Sich erinnern

Ein alter Mann wohnte allein in seinem Haus. Er hatte viel erlebt, jetzt fühlte er sich einsam und nutzlos. Ein Tag war wie der nächste und es lohnte sich nicht, sich an irgendeinen zu erinnern.

„Einen Sinn haben diese endlosen Tage", dachte der alte Mann bei sich, „jeder von ihnen bringt mich dem Tod näher."

Längst hatte er keine Angst mehr vor dem Sterben, sondern der Tod schien ihm ein Tor zu sein, das ihn bereits mit geöffneten Flügeln erwartete.

Neben ihm war vor kurzer Zeit eine Familie mit einem kleinen Mädchen eingezogen. Es spielte oft im Garten und winkte jedes Mal dem alten Mann zu, wenn auch er im Garten saß.

„Wie gefällt es dir hier?", fragte der alte Mann einmal das kleine Mädchen.

„Allein spielen ist langweilig!", antwortete es. „Ich habe immer noch keine Freundin. Du sitzt doch auch immer allein im Garten, und dir ist bestimmt auch langweilig. Sollen wir nicht etwas zusammen spielen?" und ohne die Antwort abzuwarten, lief das Mädchen ins Haus und rief dabei: „Ich frage meine Eltern, ob ich darf!", kehrte kurze Zeit danach zurück und kletterte mit den Worten: „Ich darf!" über den niedrigen Gartenzaun in den Garten des alten Mannes. „Ich heiße Anna! Das ist ein besonderer Name! Wenn man ihn rückwärts liest, heißt er auch Anna."

Anna überlegte einen Augenblick. Schließlich rief sie: „Dann heißt du Otto! Das heißt auch Otto, wenn man rückwärts liest. So passen wir gut zusammen!"

Seitdem nannte sie den alten Mann Otto.

„Komm, Otto, wir spielen Mensch-ärgere-dich-nicht!", rief sie. „Aber wenn du verlierst, darfst du dich ruhig ärgern!".

Dann erklärte sie Otto die Spielregeln: „Wenn du auf dasselbe Feld kommst wie ich, dann darfst du mich nicht rauswerfen. Du besuchst mich nur, weil ich mich nicht ärgern darf. Ich darf dich rausschmeißen, weil du dich ärgern darfst."

Otto war froh, dass er Anna nicht ärgern musste.

Anna nahm die grünen Spielsteine, die sie „meine Püppchen" nannte. „Meine Püppchen sind die Kinder. Kinder können noch nicht so schnell laufen wie Erwachsene. Deswegen dürfen sie Abkürzungen nehmen!", und sie kürzte ihren Weg ab, indem sie über das Haus anderer Farben einen Brückenbauklotz stellte, ihre Figur diesen Weg nehmen ließ und danach die Brücke wieder abbaute: „Sonst gehen nachher auch Erwachsene darüber, obwohl sie das gar nicht dürfen."

Otto versprach, niemals so dreist zu sein, und das meinte er ehrlich.

„Leider verlierst du immer, du hast einfach Pech!", tröstete sie Otto, bevor sie nach Hause zurückkehrte.

Für den alten Mann hatte ein Tag wieder ein Gesicht erhalten, dieser Tag war unterscheidbar geworden, er hatte seinen Sinn in sich, und das nahm dem alten Mann die Einsamkeit und erfüllte ihn mit Glück.

Am nächsten Tag klopfte Anna schon morgens an sein Fenster.

„Otto!", rief sie laut. „Beeil dich! Du musst mich fangen!", und sie hüpfte durch seinen Garten.

Der alte Mann unterbrach seine Zeitungslektüre, ging nach draußen und verfolgte humpelnd das Mädchen, wobei er dumpfe Laute ausstieß. „Ich bin nämlich ein Löwe, der dich fangen und fressen will!", erklärte er. Doch dem Löwen gelang es nicht, seine Beute zu fassen.

Nach einiger Zeit blieb das Mädchen ermattet stehen und rief dem alten Mann zu: „Bleib dahinten stehen, sonst muss ich dich erschießen!"

Da blieb der alte Mann lieber stehen, denn er wollte unbedingt noch weiterleben.

Tags darauf rief das Mädchen schon in aller Frühe: „Los, Otto, such mich, aber bitte nicht finden! Mach das aber nicht absichtlich, dass du mich nicht findest, sonst spiele ich nicht mehr mit!"

Es war schwierig für Otto herauszufinden, wo das Versteck war, um es nicht zu finden, und das alles ohne Absicht. Aber es gelang ihm, denn er wollte weiterspielen.

Als es am nächsten Tag regnete, läutete Anna morgens an der Tür. „Heute ist Vorlesetag!", verkündete sie. „Ich habe auch schon etwas mitgebracht! Du hast bestimmt nur langweiliges Zeug!" Das musste Otto zugeben. Er war froh, dass Anna etwas Spannendes mitgebracht hatte.

„Das wird mir allmählich langweilig, immer nur im selben Buch lesen. Kannst du nicht selbst etwas erzählen?", meinte sie nach geraumer Zeit.

Otto wusste nicht recht was, und weil er fürchtete, dass Anna die Geschichten, die er kannte, auch schon kannte, erfand er Geschichten, von denen er selbst zu Beginn noch nicht wusste, wie sie endeten, und die sich so entwickelten, wie Anna es durch ihre Zwischenrufe verlangte. So wurden es die Geschichten von beiden, die sie bis ins Uferlose weiterspannen.

Nach einiger Zeit sagte Otto zu Anna: „Wir können kein Fangen oder Verstecken mehr spielen. Meine Beine sind krank, ich kann nie mehr laufen."

„Das macht nichts!", rief Anna. „Wir können noch viele andere Spiele spielen. Und wenn du irgendwo hin willst, dann fahre ich dich im Rollstuhl dahin!"

Wieder einige Zeit später sagte Otto zu Anna: „Wir können keine Brettspiele mehr spielen.

Meine Hände sind so zittrig geworden, dass ich die Spielfiguren nicht mehr halten kann!"
„Das macht nichts!", sagte Anna. „Du sagst mir, wohin du die Püppchen setzen willst und ich setze sie dann dorthin!"

„Ich kann nicht mehr vorlesen, weil meine Augen zu schlecht werden", klagte Otto etwas später.
„Das macht nichts", rief Anna. „Du kannst mir dann öfter deine Geschichten erzählen!"

„Weißt du," flüsterte Otto an einem schönen Nachmittag Anna zu: „Bald kann ich gar nichts mehr!"
„Doch!", flüsterte sie zurück. „Du kannst dich erinnern!"
Otto schwieg eine Zeit lang. „Und wenn ich das auch irgendwann nicht mehr kann?" fragte er.
„Dann mach ich das für dich!" antwortete Anna. „Aber bis dahin müssen wir noch viel zusammen machen, damit ich mich für dich an vieles erinnern kann!"

An einem kalten Wintertag sagte der alte Mann zu dem kleinen Mädchen: „Ich muss bald einen unbekannten Weg gehen!" „Ich gehe mit!", rief das Mädchen. „Nein", flüsterte der alte Mann, der dem Mädchen noch nie eine Bitte abgeschlagen hatte, „diesen Weg muss ich allein gehen und ich kehre nie mehr zurück."

Er atmete schwer und fuhr fort:

„Aber ich lasse dir etwas hier." Er reichte ihr einen großen, klaren, durchsichtigen Stein, der die Form eines Tropfens hatte. Er war an einer langen dünnen Goldkette befestigt. „Du kannst dich in dem Stein selbst erkennen, wenn du in ihn hineinschaust, und wenn du willst, dabei an mich denken."

Der alte Mann starb bald. Immer, wenn Anna an ihn dachte und traurig wurde, blickte sie in den Stein, und sie vermeinte nicht nur sich allein darin zu sehen, sondern auch das lächelnde Gesicht des alten Mannes. Dann musste auch sie lächeln und ihr wurde wieder fröhlich ums Herz.

2. Eine Andere

Stephanie und Luise waren in ihrer Kindheit die engsten Freundinnen. Sie spielten zusammen ihre Spiele, verständigten sich in einer eigenen erfundenen Sprache, die nur sie verstanden, und beide fühlten sich am glücklichsten, wenn sie zusammen waren. Dann versanken sie gemeinsam in ihrer Phantasiewelt, in der sie unzertrennliche Schwestern waren, Abenteuer bestanden und jede schließlich einen schönen Prinzen heiratete.

So wuchsen sie heran: Stephanie mit ihren langen, blonden Haaren zu einer schönen Frau, die in der Welt bekannt und verehrt wurde, Luise mit ihren kurzen, schwarzen Haaren zu einer lebenslustigen Frau, die gerne Geschichten schrieb.

Viele Menschen bewunderten die glanzvolle Erscheinung von Stephanie, die mit der Zeit bekannt und berühmt wurde. Das machte Stephanie stolz und eitel. Luise war dagegen unauffällig und wurde nicht öffentlich beachtet.

Schließlich fand Stephanie, dass Luise nun, wo sie beide erwachsen waren, nicht mehr zu ihr passte. „Du bist nicht schön genug für mich. Wir passen schon wegen der verschiedenen Haarfarben nicht zusammen!"

Das machte Luise traurig, und sie antwortete: „Wenn du mich jetzt nicht mehr als Freundin willst, will ich auch nie mehr deine Freundin sein!"

„Umso besser!", lachte die Blonde, und mit ihr lachten alle ihre schönen, blonden, langhaarigen Freundinnen.

Dann trennten sich ihre Wege.

Einige Jahre danach hatte Stephanie einen Auftritt in der Stadt ihrer Heimat und Luise dachte, dass dies eine gute Gelegenheit sei, ihre alte Freundin wiederzusehen. Vielleicht maß sie dem Streit beim Abschied, wie Luise, keine Bedeutung mehr bei. Luise stellte sich in die Menge, die die berühmte Schönheit sehen wollte, und wartete. Schließlich fuhr Stephanie in einem großen Wagen vor, stieg aus und ließ sich von der Menge bejubeln.

Als Stephanie in die Nähe ihrer Freundin gelangte, rief Luise in der gemeinsamen Sprache ihrer Kindheit ihr zu: „Sieh hierher, hier bin ich! Wie geht es dir?" Stephanie hörte diese vertrauten Laute und erblickte Luise, schaute sie mit unbewegter Miene an, um dann, ohne sie anzusprechen, sich abzuwenden und winkend weiterzugehen, ohne sich noch einmal umzudrehen.

Die Zeit verging und Stephanie dachte schon lange nicht mehr an Luise.

Da traf sie eines Tages ein großes Unglück, sie wurde schwerkrank. Zunächst erhielt sie noch Besuch von ihren blonden Freundinnen, aber je länger die Krankheit dauerte, desto seltener besuchten sie die Kranke, erfanden Ausreden und kamen schließlich gar nicht mehr. Stephanie war einsam und verlassen, vieles von ihrer Schönheit war vergangen und das blonde Haar war grau geworden. Da erinnerte sie sich an

Luise, und in ihrer Einsamkeit schrieb sie ihr, dass sie sich ihr zuliebe die Haare schwarz gefärbt habe und sie nun zusammenpassen würden. Dazu legte sie ein Foto von sich bei, auf dem sie die Haare schwarz gefärbt hatte. Sie weinte Tränen der Scham und der Reue, die auf das Foto tropften.

Luise las den Brief und schaute sich das Foto an. Es war wellig, als ob es nass geworden wäre „Jetzt kann ich ihr zeigen, dass ich nicht mehr ihre Freundin sein will. Sie hat mich zweimal zu tief verletzt!" Sie ließ sich ihre Haare, die auch schon von grauen Strähnen durchzogen waren, rot färben und legte davon ein Foto in den Brief an Stephanie, in dem sie schrieb: „Du wolltest mich nicht mehr als Freundin, weil wir wegen der verschiedenen Haarfarben nicht zusammenpassen würden. Genau deswegen will ich dich jetzt auch nicht mehr als Freundin!"

Dann schaute sich Luise noch einmal triumphierend das Foto ihrer ehemaligen Freundin an. Das von Schmerzen gezeichnete

Gesicht Stephanies und ihre unpassend jugendlich aussehenden schwarzen Haare wirkten befremdlich auf Luise. Sie warf einen Blick auf ihr Spiegelbild und erschrak vor ihrem eigenen Gesichtsausdruck, der von Härte, ja von Rachsucht, gezeichnet war. Sie betrachtete Stephanies Foto noch einmal genauer, auf dem durch die gewellte Form die Augen besonders hervorgehoben waren, und ein eisiger Blitz durchzuckte sie. Das Flehen in Stephanies Augen, in denen Luise die ganze gemeinsame Kindheit zu lesen vermeinte, gab ihr einen schmerzvollen Stich ins Herz, und sie erkannte voller Scham, dass ein einsamer, gebrochener, sich selbst erniedrigender Mensch sie verzweifelt und hoffnungsvoll um Hilfe bat.

Da zerriss Luise ihren Brief und ihr Foto, und es war so, als ob eine Kette, die ihr Herz eingeengt hatte, zersprungen wäre.

Als sie sich trafen, flüsterte Stefanie: „Ich bin so froh, dass du mich zu dir einlädst. Ich habe dich damals nicht beachtet, als du mir zugerufen hast! Ich schäme mich deswegen!"

„Da warst du eine andere, jetzt bist du wieder du selbst!", lächelte Luise und umarmte die Freundin. „Und auch du hast mir geholfen, ich selbst zu sein!"

3. Der blaue Vogel

Eine Frau hatte einen Sohn. Ihm gab sie ihre ganze Liebe. Sie zeigte ihm die Schönheiten der Natur, vermittelte ihm die Freude am Leben und der Freiheit und pflanzte ihm ein untrügliches Gefühl für Gerechtigkeit ein.

Sie war stolz darauf, dass er als Journalist das Unrecht öffentlich machte, es anprangerte, wo er konnte, und den Leidtragenden half, sich dagegen zu wehren. Viele wollten von den Missständen nichts hören, andere hatten Angst offen Partei gegen die zu ergreifen, die glaubten, dass Reichtum, Amt oder Geburt ihnen das Recht verlieh, andere Menschen ihrer Willkür zu unterwerfen.

„Dein Sohn benimmt sich schlecht und du sagst nichts dagegen. Das wird böse enden!", hörte die Mutter oft von einigen ihrer Bekannten. Doch sie wollte nichts davon wissen, sondern antwortete immer: „Er ist mein Sohn, und er hat recht! Ich bin stolz darauf, dass er so mutig für die Gerechtigkeit kämpft!"

Der Sohn deckte weiter unerschrocken viele Missstände auf. Dadurch schuf er sich mächtige Feinde, die es erreichten, dass er ins Gefängnis gesteckt wurde. Er verlor fast die Freude am Leben, weil er gefangen war. Er war sehr einsam und vermisste schrecklich seine Freiheit. Darüber war die Mutter sehr traurig.

Als sie wieder einmal über das schwere Schicksal ihres Sohnes in ihrem Zimmer weinte, flog ein kleiner blauer Vogel durch das offene Fenster, setzte sich auf eine Stuhllehne und begann wunderschön zu zwitschern.

„Diesen Vogel bringe ich meinem Sohn, damit er wenigstens ein anderes Lebewesen zur Gesellschaft hat und nicht mehr so allein ist", dachte sie.

Sie fing den Vogel und in einem Käfig brachte sie ihn ihrem Sohn mit ins Gefängnis: „Halte aus, mein Sohn, man hat dir die Freiheit geraubt, nur weil du gerecht bist. Das Leben wird auch wieder schön werden. Damit du bis dahin nicht mehr allein bist, schenke ich dir diesen blauen Vogel. Er singt wunderschön."

Die nächsten Tage und Wochen zwitscherte der kleine blaue Vogel für den Gefangenen von der Freude am Leben, von der schönen Natur und der kostbaren Freiheit. Der Sohn fühlte sich nicht mehr so einsam, aber er sah immer den Käfig, in dem der kleine, blaue Vogel gefangen war. „Du sollst die Freiheit haben, die man mir gestohlen hat!", flüsterte der Sohn seinem Vogel zu, öffnete die Käfigtür und ließ ihn in die Freiheit fliegen.

Nach einiger Zeit fragt die Mutter ihren Sohn: „Wie geht es dem blauen Vogel, den ich dir mitgebracht habe?"

„Ich habe ihm die Freiheit gegeben, die ich so gerne wiedererlangen möchte!", antwortete der Sohn traurig.

„Das Unrecht kann nicht ewig dauern", tröstete ihn die Mutter. „Auch dir wird man die Freiheit wiedergeben."

Eines Tages hörte die Mutter im Garten den Gesang des blauen Vogels. Erstaunt hob sie den Kopf und erblickte ihren Sohn, der das Vogelgezwitscher täuschend echt nachahmte. „In der Zeit, in der mir der Vogel seine Lieder vorgesungen hat, habe ich gelernt, sie nachzupfeifen. Das hat mir Mut gegeben, zu hoffen und zu warten, bis ich wieder frei war", lächelte er, umarmte seine Mutter und setzte sich zu ihr in den Garten. Dort saßen sie schweigend bis zum Abend.

In der Abenddämmerung flog ein kleiner blauer Vogel zu ihnen, setzte sich zu ihren Füßen und sang ein Lied von der Freude am Leben, der schönen Natur und der kostbaren Freiheit.

4. Das Geigenspiel

Viola liebte Musik über alles, am meisten jedoch das Geigenspiel. Ihre Eltern waren davon überzeugt, dass die Musik nicht so wichtig für das spätere Leben sei. Eine eigene Geige und Geigenunterricht für Viola waren teuer, und da die Eltern die Musik als unnütz ansahen, wollten sie nicht so viel Geld dafür ausgeben und erfüllten nicht Violas brennenden Wunsch das Geigenspiel zu erlernen. Darüber war sie traurig, und oft stand sie abseits, wenn die anderen Kinder auf ihren Instrumenten übten. Aber sie prägte sich alles ein, was sie sah, und übte die Griffe ohne Geige.

Eines Tages sollten alle Kinder, die ein Musikinstrument spielten, in der Stadthalle vor großem Publikum ihr schönstes Musikstück vorspielen. Der beste Musikant erhielt als Preis ein neues Instrument, das er für sich auswählen durfte.

Auch Viola meldete sich für diesen Wettbewerb an. „Du hast doch gar kein Instrument und kannst nicht spielen!", wunderten sich die anderen Kinder, als sie das erfuhren.

„Ihr werdet sehen!", antwortete Viola nur und wollte nicht mehr verraten.

Am Tag des Wettstreits gaben die Kinder ihr Bestes. Man konnte wunderbare Klaviermusik hören, Querflöten-, Trompeten-, Geigen- und Gitarrenspieler spielten vor und erhielten viel Beifall.

Als letzte Teilnehmerin betrat Viola die Bühne. Es wurde totenstill im Saal, als die Zuhörer bemerkten, dass sie kein Instrument mitgebracht hatte.

Da griff sich Viola in ihre langen Haare, zog sie zur Seite, bis sie straff gespannt waren und ließ einen kleinen Rosenzweig darüber gleiten. In der atemlosen Stille ertönte eine hauchzarte Melodie, die die Zuhörer erschauern ließ, so dass sie wie verzaubert auf das Mädchen starrten und eine fremde Sehnsucht ihre Herzen erfüllte. Viola imitierte mit ihrer Stimme täuschend ähnlich das Geigenspiel, und die korrekten Griffe dazu auf ihren langen Haaren begleiteten ihren sphärischen Gesang.

Jeder wusste, dass Viola den Wettbewerb gewonnen hatte, und keiner neidete ihr den Erfolg, als sie eine Geige als ersten Preis erhielt. Sie wurde eine Musikerin, die dafür berühmt war, dass sie ihr eigenes Geigenspiel mit ihrer zarten Stimme selbst begleitete.

5. Der Zirkus

Eines Morgens betrat Marie mit der Lehrerin die Klasse, scheu und unsicher, und die Schülerinnen und Schüler lachten laut, als sie sich mit einem fremdartigen Akzent vorstellte und dann auf den Platz neben Milan geschickt wurde. Milan hatte nicht gelacht, sondern sagte zu ihr freundlich „Hallo", als Marie sich neben ihn setzte.

Die Lehrerin bat sich Ruhe aus und erklärte: „Marie wird nur kurz bei uns sein. Sie kommt aus Rumänien und ist ein Zirkuskind. Sie wandert mit dem Zirkus durch ganz Europa. Bald zieht der Zirkus weiter." Marie sah dabei auf den Boden.

Dann begann der Unterricht. Nachdem einige Schüler etwas vorgerechnet hatten, sollte auch Marie eine Aufgabe lösen. Sie sah wieder auf den Boden und schwieg.

„Möchtest du uns nicht sagen, wie es weitergeht?", fragte die Lehrerin freundlich.

„Doch!", antwortete Marie leise.

„Dann fang bitte an!", forderte die Lehrerin sie auf.

„Es geht nicht!", flüsterte Marie in die Klasse.

„Warum nicht?" Der Tonfall der Lehrerin wurde etwas ungeduldiger.

„Ich kann es nicht. Ich habe es bisher noch nicht in einer der vielen Schulen, auf denen ich war, gelernt."

Da lachte die Klasse wieder und ein Junge rief: „Milan kann dir nichts vorsagen. Er war hier und kann es trotzdem nicht!"

Da lachte die Klasse noch lauter, Marie aber nicht. Milan spürte, wie sie seine Hand in ihre Hand nahm.

Am Nachmittag war die Klasse in den Zirkus eingeladen und alle waren gespannt, was Marie vorführen würde.

Sie wurde mit einem lauten Tusch angekündigt. Dann sprang sie auf ein galoppierendes Pferd und vollführte auf dem Pferderücken einen Salto rückwärts. Es folgten noch weitere Kunststücke, die die Klasse mit Applaus und Begeisterungsgeschrei begleitete. Als sie mit ihrer Vorstellung fertig war, stellte Marie dem übrigen Publikum ihre Klasse vor.

Da rief Milan laut in die Manege: „Ich möchte etwas sagen!"

Sofort trat gespannte Stille ein.

„Heute morgen haben einige von euch über Marie gelacht! Ich hoffe, dass diejenigen sich jetzt schämen. Wir wollen alle nochmal klatschen, weil du so viel kannst, Marie!"

Die Klasse begann zu klatschen, zu trampeln, zu rufen und zu pfeifen, und das ganze Publikum stimmte nach kurzer Zeit mit ein. Marie bekam vor Freude rote Wangen. Sie lief zur Zuschauertribüne und setzte sich während der restlichen Vorstellung neben Milan.

Als sich alle nach der Vorstellung von Marie verabschiedeten und nach Hause gehen wollten, fasste sie Milans Hand und bat ihn: „Bleib du noch!"

Der Wohnwagen, mit dem Marie gekommen war, stand am Dorfrand inmitten der anderen Zirkuswagen. Sie führte Milan auf den Grashügel hinter den Wohnwagen. Dort legten sie sich ins Gras, schauten in die Wolken, hielten sich an den Händen, erzählten ihre Erlebnissen und erklärten sich gegenseitig, was sie in den Wolkenformen zu erkennen meinten: springende Pferde, segelnde Schiffe, schreckliche Ungeheuer oder liebliche Feen.

So verbrachten sie einige Tage zusammen, bis sich Marie an einem späten Nachmittag aus dem Gras aufrichtete und Milan in die Augen sah, wobei sich ihre Augen mit Tränen füllten: „Milan!", sagte sie mit schwacher Stimme, „morgen, ganz früh, fahren wir weiter und wir werden uns nie mehr wiedersehen!"

Da füllten sich auch Milans Augen mit Tränen.

„Ich werde dir aber etwas geben", sagte sie nun mit fester Stimme, „was ich nie mehr einem anderen geben kann und woran ich mich mein ganzes Leben erinnern werde, so, wie vielleicht auch du: meinen ersten Kuss!"

Sie drückte ihre Lippen sanft auf die Lippen von Milan, der ihren Kuss ebenso sanft erwiderte.

Am nächsten Tag war der Zirkus fort und tatsächlich sahen sich Milan und Marie nicht wieder.

Aber ihren ersten Kuss vergaßen sie nie.

6. Der Wettstreit

Als Jörg und Peter 12 Jahre alt waren, verliebten sie sich beide in dasselbe Mädchen, Gitte. Sie glaubten, dass Gitte das Wichtigste auf der Welt sei, und gleichzeitig die Schönste. Sie behandelten das als großes Geheimnis, zumal keiner von beiden den Mut gefunden hatte, Gitte seine Liebe für sie zu gestehen. Sie redeten, so oft es ging, ausgiebig über ihre Gefühle, die sie für Gitte hegten. Vielen ihrer Freunde war es zu langweilig, dass die beiden Jungen so oft miteinander tuschelten, ohne auf ihre Spielgefährten zu achten, aber wenn sie sie fragten, über was sie sich nur zu zweit mit gedämpfter Stimme unterhielten, erhielten sie nur eine barsche, abweisende Antwort . Mit der Zeit blieben immer mehr Spielkameraden weg, so dass Jörg und Peter schließlich meist allein waren, um in endlosen Diskussionen darüber zu streiten, wen von beiden Gitte wohl vorziehen würde.

Gitte wusste nichts vom Wettstreit um sie, ja sie ahnte noch nicht einmal, dass Jörg und Peter in sie verliebt waren.

Trotz ihrer Angst, ausgelacht zu werden, beschlossen die Jungen, Gitte zu gestehen, dass sie in sie verliebt waren. Doch jedem allein fehlte dann doch der Mut dazu. So kamen sie überein, dass sie sich auch hier als Freunde gegenseitig helfen könnten, indem sie Gitte gemeinsam gestanden, dass sie in sie verliebt wären und sie dann auch fragen könnten, wen sie von beiden lieber mochte.

So warteten die beiden Jungen nach der Schule auf Gitte. Sie wollte gerade achtlos an ihnen vorübergehen, als sich beide vor sie stellten, so dass sie stehen bleiben musste.

„Wir müssen dir etwas sagen, es ist wichtig", begann Jörg.

„Wir haben ein Problem, und nur du kannst es lösen.", fuhr Peter fort.

Gitte sagte nichts, schaute aber beide verwundert an.

Jörg zeigte auf sich und dann auf Peter: „Wir beide sind verliebt in dich, und wir möchten von dir wissen, wen von uns beiden du lieber magst!"

Gitte blickte von einem zum anderen und sagte dann: „Ihr müsst um mich kämpfen! Der Stärkere erhält mich als Preis!" Dann setzte sie sich auf eine am Straßenrand stehende Parkbank, um den Kampf zu verfolgen.

Jörg und Peter sahen sich an, keiner sagte etwas.

Schließlich rief Jörg: „Ich weiß, wo unsere Freunde Fußball spielen wollen! Komm wir laufen dahin und spielen mit!"

Dort wurden sie mit großem Hallo begrüßt.

Über Gitte sprachen die beiden nie wieder.

7. Die Warnung

Sonja hatte sich in Arthur verliebt. Zuerst behielt sie das nur für sich, dann aber musste sie es einem Menschen erzählen, weil ihre Seele so davon überfloss, dass sie glaubte, es allein nicht mehr aushalten zu können. So schüttete sie ihrer besten Freundin Dorit ihr Herz aus.

Doch Dorit warnte sie: „Ich kenne Arthur gut! Er sieht gut aus, er kann sich gut benehmen und er ist klug. Aber er nimmt keine Freundschaft ernst, sondern betrachtet es als sein Recht mit anderen umzugehen, wie er will. Er ist ein typischer Mädchenschwarm, aber ihm sind die in ihn verliebten Mädchen egal. Am besten würdest du dir einen anderen Freund suchen!"

„Ich kann mir keinen anderen Freund suchen! Ich will nur mit Arthur zusammen sein! Bei mir wird er sich anders verhalten! Vielleicht haben ihn seine anderen Freundinnen nur nicht richtig geliebt!", antwortete Sonja.

„Denk immer dran! Ich habe dich gewarnt!", mahnte Dorit.

Doch Sonja wollte nichts davon wissen: „Nein, ich will nicht immer daran denken! Dann werde ich Arthur immer mit Misstrauen begegnen! Alles, was er sagt oder tut, werde ich an deiner Warnung messen. Ich möchte ihn aber nicht durch deine Brille sehen, sondern mit meinen eigenen Augen!"

Sonja wurde die Freundin von Arthur und sie war sehr glücklich. Die Treffen mit Dorit wurden immer seltener, weil Sonja am liebsten jede freie Minute mit Arthur verbrachte.

Nach einiger Zeit machte Arthur Sonja Vorschriften, wie sie sich zu kleiden hatte, welche Themen sie bei Freunden nicht ansprechen sollte, wen sie meiden sollte, ja sogar, wie sie lachen sollte. Wenn sie ihn fragte, warum sie dies alles tun sollte, wurde er barsch und begründete jede seiner Forderungen mit dem Satz: „Weil hübsche Mädchen das nun mal so machen! Und weil du es selbst nicht merkst, muss ich es dir sagen!"

Als sie einmal laut und ausgelassen sang, fuhr er sie an: „Hör gefälligst auf damit!! Hübsche Mädchen benehmen sich nicht so auffällig!"

„Endlich bin ich mir mal wieder selbst aufgefallen! Ich höre mich mal selbst, und dass macht so einen Spaß, dass ich mich noch länger selbst so hören möchte!"

Arthur wurde wütend: „Wenn du nicht auf mich hörst, will ich nichts mehr mit dir zu tun haben!"

Mit trauriger Stimme antwortete Sonja:

„Du hast ja schon lange mit mir nichts mehr zu tun, Arthur. Du liebst deine Vorstellung von einem Mädchen, nicht mich. Darum verlasse ich dich jetzt!"

So zerbrach die Freundschaft mit Arthur. Obwohl Sonja entschieden hatte, dass ihre Freundschaft mit Arthur beendet war, war sie darüber doch sehr unglücklich und weinte deswegen oft.

Als Dorit davon hörte, besuchte sie Sonja, um sie zu trösten. Sonja erzählte ihrer Freundin, was sie mit Arthur erlebt hatte. Sonja tat ihr so leid, dass sie beim Erzählen mitweinte. „Es ist so schlimm!", schluchzte sie. „Du hättest damals besser auf mich gehört! Dann würde es dir jetzt nicht so schlecht gehen!"

Sonja schaute sie mit ihrem tränenverquollenen Gesicht an. „Es würde mir viel schlechter gehen, wenn ich deinem Rat gefolgt wäre. Ich hätte nie erfahren, wie ich wirklich bin und was es heißt, zu lieben und geliebt zu werden. Darum ist mir mein Schmerz kostbar."

8. Die Magnolien

Abseits lag der Bauernhof mit den Ställen für das Vieh, für Schweine, Hühner, Rinder, Gänse und Enten. Inmitten einer hügeligen Landschaft war er in ein Tal eingebettet, vor dem Wohnhaus war ein Teich. Als der Bauer jung war, da war der Hof noch lohnend. Jetzt war er auf dem Altenteil und seine Tochter Geli mühte sich alleine ab und es war ihm klar, dass sie kaum ihr Auskommen haben würde.

Er liebte Geli sehr. Als seine Frau noch lebte, erfüllten ihr Lachen und das übermütige Kreischen Gelis den Hof und schallten noch weit über die Wiesen und Felder. Außer ihm hörte das kein anderer, die nächsten Nachbarn wohnten viel zu weit entfernt. Er freute sich darüber, dass nur er in den Genuss dieser Lebensfreude kam, jeder andere Zuhörer hätte die Intimität seines Glückes beeinträchtigt.

Das waren die glücklichsten Jahre in seinem Leben.

Einsam war es auf dem Hof. Geli hatte kaum einmal Besuch von Gleichaltrigen und beschäftigte sich meist allein. Sie liebte Blumen und um ihr eine Freude zu machen, setzte er auf eine Seite des Teichs drei Magnolienbäume, was ihm eigentlich widerstrebte, da sie keine verwertbaren Früchte hervorbrachten. Aber sie blühten prachtvoll und seine Tochter liebte diese im Jahr früh blühenden Blütenbäume und darum hatte er sie gesetzt.

„Sie sind dein Geburtstagsgeschenk! Sie sind noch ziemlich jung und klein, so ähnlich wie du", sagte er zu seiner Tochter, die an diesem Tag sechs Jahre alt wurde. „Sie werden mit dir wachsen und erblühen, aber sie brauchen einen Menschen, der sich um sie kümmert, der sie gießt, wenn die Trockenheit zu lange andauert, sie brauchen Pflege und Schutz vor Insekten, die sie sonst vernichten können. Du musst also auf sie aufpassen; bis die Bäume so groß sind wie die anderen Bäume!"

Geli nahm ihre Aufgabe sehr ernst, nie vergaß oder vernachlässigte sie ihre Bäume, versorgte sie mit reichlich Wasser und düngte sie zusätzlich mit dem Mist von den Tieren auf dem Hof und so wurden aus den kleinen Pflanzen über die Jahre große und starke Bäume, über und über mit großen weißen, rosa angehauchten Blüten übersät, die so den wunderbarsten Riesenblumenstrauß bildeten.

Geli war mittlerweile erwachsen, ihre Mutter starb an einer tückischen Krankheit. Sie erlebte es nicht mehr, dass Geli selbst Mutter einer Tochter wurde, die sie Margot nannten. Doch die Partnerschaft mit dem Vater ihres Kindes zerbrach und der junge Ehemann und Vater verließ die Familie bereits kurz nach der Geburt Margots und kehrte nie mehr zurück.

Geli litt sehr unter der Trennung und der alte Bauer konnte sie oft weinen sehen, wenn sie mit Margot unter den Magnolien saß. Dann brach auch ihm fast das Herz, aber er war machtlos gegen die Entscheidungen anderer. Er konnte

Tochter und Enkelin nur ein Leben bieten, das von Sparsamkeit und Verzicht bestimmt war, aber er gab ihnen eine Heimat mit seiner ganzen Zuneigung und Liebe. So oft es seine abgearbeiteten Knochen zuließen, spielte er mit Margot. Sie war zum Mittelpunkt seines Lebens geworden und jeden Fortschritt in ihrer Entwicklung, ob es die ersten Gehversuche oder die ersten sprachähnlichen Laute waren, bedachte er mit Applaus, um sie zu weiteren Versuchen zu ermutigen. Dann fühlte er sich wieder jung, so wie zu der Zeit, als Geli mit ihrer Mutter lachte.

Einmal hängte Geli hinter dem Haus Wäsche auf. Margot, die gerade gehen lernte, lief noch unsicher mit staksigen Schritten um das Haus. Der alte Bauer saß am Fenster, um, wie so oft, aufzupassen, dass ihr beim Spielen nichts passierte.

Die Magnolienbäume hatten bis am Tag vorher in aller Pracht geblüht. Doch in der letzten Nacht ereignete sich ein Temperatursturz und ein eisiger Sturm hatte den blühenden Bäumen ihre ganze Blütenpracht genommen und viele kleinere und sogar einig größere Äste in den Teich zu den Blüten geweht.

Der alte Bauer hatte in der Nacht gefroren, hatte stundenlang wach gelegen und dabei an sein vergangenes Leben und an seinen unausweichlichen Tod gedacht. Erst gegen Morgen war er eingeschlafen.

Jetzt schien nach einem eisigen Morgen die Sonne ins Fenster und die Wärme hüllte ihn ein wie ein kostbares Tuch und langsam glitt er hinüber in einen sanften Schlaf.

Ein furchtbarer Schrei ließ ihn aufspringen. Ein Zucken durchfuhr ihn, das sein Herz erstarren ließ und seinen Kopf mit ungeheurem Dröhnen erfüllte, als er dahin sah, wohin seine Tochter wies. Er sprang auf, aber Geli war bereits unterwegs zum Teich, von dem ein jämmerliches Geschrei zu vernehmen war, und als er den Teich atemlos erreichte, watete Geli schon zu der Stelle hin, wo Margot mehrere Meter entfernt vom Ufer auf dem Teich schwamm. In der frostigen und stürmischen Nacht hatten die abgefallenen Blüten mit den vom Sturm heruntergerissenen kleineren Ästchen und einigen größeren Ästen eine mehrere Zentimeter dicke Schicht auf dem Wasser gebildet, die gerade ausreichte um das Kind zu tragen, das sich krampfhaft an einem längeren Ast festhielt.

Als sie wieder mit dem schluchzenden und völlig durchnässten Kind in der Wohnung saßen, sagte Geli: „Meine Magnolien haben ein Menschenleben gerettet, und zwar das kostbarste, das es für mich gibt!"

„Deine Magnolien haben zwei Menschenleben gerettet", flüsterte der alte Bauer. „Meins noch dazu, denn ich hätte nicht damit leben können, dass durch mein Versäumnis Margot hätte sterben müssen."

Sie saßen eine Zeit erschöpft nebeneinander, bis Geli murmelte: „Meine Magnolienbäume haben, damit wir weiterleben können, für uns ihre Schönheit geopfert!"

9. Sessel 13

Wenn die Bekannten von Sarah und Mirko auf Sandkastenliebe zu sprechen kamen, dann führten sie unweigerlich die Beiden als Paradebeispiel an.

Von klein auf spielten Sarah und Mirko immer zusammen, versprachen sich schon als Kinder in ihrem Überschwang gegenseitig die Ehe und heirateten tatsächlich früh. In der Öffentlichkeit traten sie immer zusammen auf, und wenn einer von beiden gerade verhindert war und der andere ein Geschäft betrat, dann galt die erste Frage nicht dem Einkaufswunsch, sondern dem fehlenden Partner, verbunden mit der besorgten Frage nach dessen Gesundheit oder mit der nicht ernstgemeinten Vermutung, dass er wohl einen Termin beim Scheidungsanwalt wahrnehme.

Für alle, die sie kannten, waren Sarah und Mirko ein Musterbeispiel eines perfekten Ehepaares und ein Vorbild, das aber als unerreichbar galt. „Wenn es mit euch nicht klappt, dann verstehen wir die Welt nicht mehr, dann klappt es mit keinem Paar!", pflegten ihre Bekannten und Freunde zu sagen, und das junge Paar war stolz darauf.

Auch die Eltern von beiden hatten ihre Vertrautheit schon seit ihrer Kindheit unterstützt. Sie durften jeden Nachmittag zusammen spielen, viele Unternehmungen der beiden Familien fanden mit beiden Kindern gemeinsam statt. Der Höhepunkt war jedes Jahr der Urlaub in den Sommerferien. Dann fuhren die beiden Familien zusammen in die Ferien, jedes Jahr in denselben Ort, nach Kufstein, von wo aus man mit dem Sessellift ein Stück in den „Wilden Kaiser" fahren kann, um von dort die herrlichsten Wanderungen zu unternehmen. Als sie zum ersten Mal mit der Seilbahn hochfuhren, saßen sie auf dem Sesselliftdoppelsitz mit der Nummer 13. Seitdem bestanden beide darauf immer den Sitz Nummer 13 zu nehmen, selbst wenn sie recht lange auf ihn warten mussten.

Der Sessellift hatte für das Paar eine besondere Bedeutung. Hier, auf der Fahrt zwischen Erde und Himmel, wo sie in weiter Entfernung vom nächsten Sessel beide ganz alleine schwebten, wo keiner ihnen zuhören oder sie unterbrechen konnte, hatten sie sich gegenseitig ihre Liebe gestanden. Hier hatte Mirko einige Jahre später im Frühnebel eines herrlichen Sommertages Sarah einen Heiratsantrag gemacht, natürlich im Doppelsitz 13. Bei der Ankunft in der Hütte oben am Berg hatte er den staunenden Familien Sarah als seine Verlobte vorgestellt, die stolz ihren Ring präsentierte, den Mirko ihr noch im Sessel 13 des Sessellifts angesteckt hatte.

Aber mit der Zeit schlichen sich Gewohnheiten ein, die zunächst von beiden stillschweigend akzeptiert wurden.

So redete Mirko anstatt mit Sarah lieber mit seinen Freunden über die Fußballergebnisse des Vortages, von denen Sarah sowieso keine Ahnung hatte und die sie auch nicht interessierten.

Sarah fand Gespräche mit ihren Freundinnen über Fernsehserien interessanter als sich mit Mirko zu unterhalten, zumal sie nicht wusste, worüber.

Ihre gemeinsamen Kino- und Theaterbesuche planten sie schließlich so, dass beide zur selben Zeit von zu Hause weggingen, Sarah ins Theater, Mirko lieber ins Kino. Da die Vorstellungen unterschiedlich lange dauerten, trafen sie sich nach den Vorstellungen mit unterschiedlichen Gruppen und wenn der eine Partner nach Hause kam, schlief der andere schon.

Mit der Zeit waren sie in der Woche häufiger mit anderen zusammen als miteinander. Als sie von ihren Bekannten und Freunden angesprochen wurden, dass man sie ja gar nicht mehr so oft zusammensehe wie früher, da lächelten sie diese Frage weg und garnierten dieses Lächeln mit dem stereotypen Satz: „Man muss den anderen sich auch entwickeln lassen!"

Bald verstummten die neugierigen oder besorgten Fragen, weil es offen zutage lag, dass sich Sarah und Mirko auseinandergelebt hatten. Nur die intimeren Freunde und die nahen Verwandten griffen ab und zu das Thema auf, manchmal mit dem ernsthaften Versuch das traurige Ende einer Bilderbuchbeziehung zu verhindern oder doch wenigstens zu verstehen.

Schließlich war auch beiden klar, dass ihre Beziehung kurz vor dem Scheitern stand und der anstehende jährliche Urlaub in Kufstein würde wohl der letzte gemeinsame sein. Als sie mit dem Sessel 13 den Berg hinaufschwebten, schwiegen sie, dachten aber beide zurück an die Zeit, als sie sich hier gegenseitig versprochen hatten.

Plötzlich blieb die Seilbahn stehen.

Beunruhigt schauten sich Mirko und Sarah an, und Mirko versuchte die ängstliche Sarah zu beruhigen: „Es passiert dir nichts! Ich bin doch bei dir!"

Sarah wurde merklich ruhiger und hielt die Hand Mirkos fest in ihrer.

Von der Bergstaton hörten sie eine Lautsprecheransage: „Meine Damen und Herren! Es besteht kein Grund zur Sorge! Die Stromversorgung von Kufstein ist unterbrochen. Es wird mit Hochdruck repariert. Allerdings müssen sie mit einer Wartezeit von einer halben Stunde rechnen. Danach laden wir Sie auf der

Hütte zu einer kostenlosen Mahlzeit ein. Wir bitten tausend Mal um Entschuldigung!"

Zunächst schwiegen beide nach der Ansage wieder, Sarah ließ ihren Griff aber nicht locker und Mirko entzog ihr nicht seine Hand.

„Wie ist nur alles so weit gekommen?", fragte Sarah mit tränenerstickter Stimme.

„Wir müssen darüber reden!", erwiderte Mirko leise. Und dann redeten sie über sich, über ihre Fehler und Nachlässigkeiten, über ihren Leichtsinn und ihre Bequemlichkeit. Sie beschuldigten sich nicht gegenseitig, sondern erleichterten ihr Herz, indem sie ihre eigene Schuld eingestanden, und bei beiden flossen, hoch in der Luft schwebend, von keinem zu sehen, die Tränen der Scham und der Reue.

Schließlich versprachen sie sich, es miteinander noch einmal zu versuchen.

Da setzte sich die Seilbahn wieder in Bewegung, und als sie die Bergstation erreichten, liefen sie Hand in Hand, miteinander redend, zum Erstaunen ihrer Bekannten und Verwandten, zusammen zur Hütte, und als sie sie lachend erreicht hatten, küssten sie sich.

10. Auf dem Gutshof

Gunnar und Arne sahen sich jeden Tag, dennoch vermieden sie es, sich als Freunde zu bezeichnen.

Arne war der einzige Sohn der reichsten Familie im Ort. Die Familie Papst besaß einen riesigen Besitz an fruchtbarem Land, das sie auch durch Landarbeiter bestellen ließ und das durch den Absatzmarkt der nahen Großstadt einen guten Gewinn abwarf. Inmitten der Ländereien ragte ein schlossähnliches Gebäude auf, das Herrenhaus, daneben lag das eigentliche Gehöft mit den Wirtschaftsgebäuden und der Unterkunft für die Knechte und Mägde.

Etwas Abseits befand sich die große Gärtnerei, die für die Sämereien, die jungen Pflanzen und den Blumenschmuck des Gutes zuständig war. Hier arbeitete der Vater von Gunnar, ein kluger und gewissenhafter Mann, als Gärtner. Er experimentierte mit Kreuzungen von Pflanzen. Einige seiner Züchtungen hatten breite Anerkennung gefunden und Herrn Papst, dem Eigentümer, hohe Einnahmen beschert. Gunnar wohnte mit seiner Familie recht nah an dem breiten Feldweg, der vom Dorf zum Gut führte, und er begleitete seinen Vater fast jeden Tag in die Gärtnerei .

Arne spielte dann oft mit ihm, Gunnar war das einzige Kind auf dem Gut in seinem Alter. Der alte Herr Papst gestattete nach einiger Zeit, dass Gunnar mit Arne nicht nur im Park spielen durfte, sondern auch im Herrenhaus. Manchmal beobachtete er die Kinder, und es gefiel ihm nicht , dass Arne, seiner Meinung nach, zu wenig die gesellschaftliche Distanz zu Gunnar beachtete. Um das seinem Sohn bewusst zu machen, durfte Gunnar an bestimmten Unternehmungen nicht teilnehmen, sie waren nur Arne vorbehalten: Essen mit der Familie Papst in der Herrenvilla zu besonderen, feierlichen Anlässen, Kutschfahrten, Reiten. Arne war mit diesen Regelungen einverstanden. Der Vater hatte ihm erfolgreich den Dünkel anerzogen, sich für etwas Besseres zu halten. Eines war dem alten Herrn Papst jedoch aufgefallen: Sein Sohn war von durchschnittlicher Intelligenz, manchmal von einer etwas langsamen Auffassungsgabe, Gunnar dagegen von überragender Intelligenz mit schneller Auffassungsgabe und einem hervorragenden Gedächtnis.

Beide besuchten im Dorf dieselbe Klasse der Grundschule. Es war klar, dass Arne nach der 4. Klasse auf das Gymnasium in der nahen Mittelstadt wechseln würde. Von seinen Leistungen her war Gunnar noch eher dazu geeignet, aber das Gymnasium verlangte Schulgeld, eigentlich nicht sehr viel, aber für den Gärtner angesichts seines schmalen Gehalts zu viel. Gunnars Eltern konnten es sich einfach nicht leisten, dass der heranwachsende Sohn nicht nur kein Geld verdiente, sondern sogar noch in ihren Augen immens hohe Kosten verursachte.

Der alte Herr Papst, der diese Verhältnisse kannte, beschloss, dies in einen Vorteil für Arne umzumünzen. Er übernahm für Gunnar die Kosten für das Gymnasium, das Schulgeld, die Ausgaben für die Bücher und Hefte und sonstige finanzielle Erfordernisse, aber nicht indem er den Lohn von Gunnars Vater erhöhte, sondern die Extrazahlungen knüpfte er an eine Bedingung: Gunnar musste dafür sorgen, dass

Arne die Schule mit abschließendem Abitur erfolgreich durchlief. Erreichte er das nicht und Arne scheiterte vorzeitig, hätte auch Gunnar die Schule verlassen müsssen.

Arne war kein dummer Schüler, aber die Anforderungen des Gymnasiums waren für ihn ohne Hilfe zu hoch, doch mit den Erklärungen, gemeinsamen Hausaufgaben und gemeinsam vorbereiteten Abschlussarbeiten gelang es Gunnar Arne soweit zu fördern, dass er die Schullaufbahn mit einem erfolgreichen Abitur abschloss. Arne bedankte sich nie, weil er der Meinung war, dass Gunnar dafür angemessen bezahlt würde.

Für den männlichen Erben des Großgrundbesitzes war es schon eine Standespflicht, anschließend ein Studium zu beginnen, wobei es nebensächlich war, welches, da die Nachfolge von Arne als Gutsbesitzer mit einem landwirtschaftlichen Großbetrieb vorgezeichnet war. Standesgemäß sollte das Studium mit einer Promotion enden, wobei die Note keine Rolle spielte. Es kam nur darauf an, dass Arne einen akademischen Titel besitzen sollte. Allein konnte er das nicht leisten. Daher wurde Gunnar, der sich nie hätte ein Studium leisten können, wiederum mit der Übernahme der Kosten durch die Familie Papst zum Mitstudenten gemacht, auch hier wieder mit der Auflage, dafür zu sorgen, dass die Promotion von Arne erreicht wurde. Gunnar wusste, dass Arne eigentlich überfordert war, aber er tat, was er konnte, lernte mit Arne gemeinsam, schrieb Übungsklausuren, unterbrach sein eigenes Studium, um ihm die Doktorarbeit zu schreiben, natürlich ohne dass dieser illegale Vorgang irgendeinem bekannt wurde. Gunnar war also ständig mit Arnes Erfolg oder besser Durchkommen beschäftigt, während Arne das Leben genoss: Er feierte, machte Reisen und vertrieb sich die Zeit mit allerlei Vergnügungen.

Eines Tages brachte er eine junge Frau mit: Sibille hieß sie, war aus gutem Hause, wie es sich für ein Mitglied der Familie Papst geziemte, eine Schönheit, sehr gebildet und sicher intelligenter als Arne. Gunnar verliebte sich sofort unsterblich in sie, und auch die schöne Sibille sah ihn mit ihren klaren Augen lächelnd an und unterhielt sich immer sehr angeregt mit ihm. Er träumte jede Nacht von ihr und dachte ständig an sie, aber er wusste, dass der gesellschaftliche Abstand zu groß war, und er niemals Arne vorgezogen werden würde. Das machte ihn zutiefst unglücklich.

Arne legte seine Doktorprüfung ab, wobei der Prüfungskommission völlig unklar war, wieso der Kandidat eine geradezu glänzend verfasste Doktorarbeit einreichte, die das höchste Prädikat erreichte, während die mündliche Prüfung nur mit viel Wohlwollen als gerade noch bestanden beurteilt wurde und nur mit Rücksicht auf das sehr gute Ergebnis der Arbeit die Gesamtprüfung insgesamt als bestanden erklärt wurde.

Zur Feier der erfolgreichen Promotion durfte Gunnar, vor allem aufgrund der Bitte von Sibille, im Herrenhaus am Festmahl teilnehmen. Gleichzeitig wurde die Hochzeit von Arne und Sibille gefeiert. Nach der Hochzeit unternahm Arne mit seiner jungen Frau Sibille eine zweiwöchige Hochzeitsreise nach Italien.

Zwei Monate später starb Gunnar an einer Lungenkrankheit.

Arne war gerade auf Geschäftsreise und wollte nicht zur Beerdigung von Gunnar von der Reise früher zurückkehren. So waren auf seiner Beerdigung nur der alte Herr Papst und Sibille, da die anderen Mitglieder von Gunnars Familie schon gestorben waren.

Im selben Jahr gebar Sibille einen Sohn, der die Schönheit von seiner Mutter geerbt hatte und die überragende Intelligenz von seinem Vater. Nach seinem Studium wurde er ein berühmter Biologe, der sich mit seinen Ergebnissen der Genforschung an Pflanzen und den daraus resultierenden neuen Züchtungen internationale Anerkennung erwarb.